幻想篇

目次

無線電塔 …… 0 0 1

女人？老虎？ …… 0 1 7

木乃伊之戀 …… 0 3 3

比眨眼更快 …… 0 4 9

Shall We Dance? …… 0 6 5

等待至天黑 …… 0 8 1

海邊 …… 0 9 7

森林中的睡美人 …… 1 1 3

父親歸來 …… 1 2 9

影之離去 …… 1 4 5

漫長的道別 …… 1 6 1

你的名字 …… 1 7 7

後記 …… 1 9 4

無線電塔發出的有害電波令我看見各種幻覺，

導致我在現實生活中不斷上演怪異舉止。

3

到了最後，當我開始肢解百貨公司的人體模特兒時（誰叫她們要說我壞話），

我被送往了自己真正的歸屬──或者說，大家口中我理應待著的建築物。

4

6

7

8

就是這個──

你看，

你就不用擔心詭異的電波，也不會再看到幻覺了。

只要將收訊器從腦中取出來，

這真是極其少見的病例，

那名患者自我康復了！

11

13

14

18

這該不會……是我同伴的血吧？

我說過了，我才是你的同伴啊。

你清醒一點。

明明是你知道外頭有老虎逃竄很危險，卻還說要來趟大冒險，我們兩人才來到公園的啊。

咦……是這樣嗎？

經妳一說，好像真是如此。

好了，我們快點離開吧。

警方也差不多要進到公園搜索，準備射殺老虎了吧。

我總是處在精神恍惚的狀態，無法思考或記得太久以前的事。

要是不小心被誤擊就糟糕了。

快點躲到安全的地方吧。

她真的是和我關係親密的人嗎？

雖然暗了點，但不能開燈。

23

24

25

喂！
開門！
快打開這扇門！！

咦！

是我丈夫。

他追過來了。

是、是誰？

喂！
是我！
快開門！

你現在很危險啊！

立刻打開這扇門！

那是我丈夫，你千萬別上當。

他肯定身懷手槍，打算殺死我們。

聽我說，

你在公園目睹被老虎啃食的女性屍體，

我是你的同伴。

腦神經在震驚之下開始暴動，

擅自編織了一連串的故事。

在你身旁的不是女人，是老虎！

牠是披著受害女性外皮的老虎啊！

27

真是
如此嗎？

嗯？

該不會……
那其實是善
妒丈夫射殺
外遇妻子的
槍聲？

我就是無
法擺脫這
個想法。

呵呵呵，

那麼，
此刻在槍擊
之下臥倒在
地的是……

女人？
老虎？

究竟是
哪個呢？

木乃伊之戀

34

好了，回屋子裡吧。

嗯，但是，

但是……鈴聲還在響。

—叮鈴……！

你看，沒有人啊。

因為，我真的聽見鈴聲了啊。

只是在自家後山散步而已，還需要我的保護嗎？

……想起什麼事？

我還想起了一件事。

你要去哪裡？

重藏，

大小姐，您就算跟著我，也不會有什麼好玩的事喔。

重藏是以前在我家工作的傭人，

可能因為我小時候白白淨淨的，他總是叫我「大小姐」。

重藏，你要去挖竹筍吧？

……
不是的。

我要去挖木乃伊。

木乃伊？

大小姐知道即身佛嗎？

古時候，如果有僧侶想在生前成佛，便會斷食五穀、將自己深埋洞穴之中，逐漸化為乾屍。

這就是所謂的即身佛。

將即身佛供奉在寺廟裡祭祀便能獲取功德，相當貴重。

然而，也有僧侶埋在土裡後就遭人遺忘。

我的計畫就是挖出那**東西**換錢。

那只是嚇唬小孩子的無聊鬼故事罷了。

我雖然並不完全相信，但還是忍不住繼續追問。

......挖出來

要怎麼找到木乃伊埋藏的地點呢？

嘿嘿嘿。

訣竅在鈴聲。

想成為即身佛的僧侶會手持鈴鐺埋在土裡。

他們會在活著的時候不停響鈴，

因此要在鈴聲停止之處挖出化為木乃伊的僧侶。

鈴聲？

鈴聲在

不過呢，就像我剛才說的，也有活埋後就被世人遺忘的僧侶。

他們就算變成木乃伊也得繼續搖動鈴鐺，告訴大家自己的埋藏之地。

我還埋在這裡喔……（叮鈴……）　在這裡喔（叮鈴……）

快把我挖出來啊……

嘿嘿嘿。

騙人。

這是騙人的吧。

您不相信嗎？　豎起耳朵仔細聽。

聽見「叮鈴……」的鈴聲了吧？

叮鈴……

我聽見鈴聲了。

啊…又是鈴聲。

一定是化為即身佛的僧侶過來了。

木乃伊一步步走了過來。

45

46

你一開始先是看見她的屍體，

腦袋卻抗拒接受這件事。

然後藉由鈴聲，聯想起過去聽說的木乃伊傳聞。

至於原因呢，只要自己主觀認定鈴聲是從地底傳來的話，

便不會往上抬頭、再度看見屍體了。

敗給你了，在真實的屍體和幻想的妖怪之間選擇了後者，還真符合你的個性呢。

可以解釋一下嗎？我才剛出來而已。

現在這狀況是怎麼一回事？

看起來像是飯店的房間……

這男人是誰!?

我不知道……我不知道。

51

等一下。

為什麼明明我的身體一動也不動、就連嘴巴也沒任何動作,卻能和你說話?

我們此刻僅依靠思考連結意志。

人類的思考速度可能敵不過光速,

但至少比眨眼還快。

你沒剩多少時間了。

為什麼?

要快點搞清楚眼前的來龍去脈。

這之後再解釋。

為什麼你說我沒剩多少時間了?

52

總之先試著回溯你的記憶吧。

必須弄明白此時此地、這整件事最初的源頭。

咦……？

這裡……不是我家嗎？

沒錯。

我們現在在你的記憶裡。

53

54

55

嗯。

但我不抽菸，平時不會隨身攜帶。

對了，

你手邊有父親遺留的菸盒嗎？

過世的令尊肯定也會相當欣慰的。

今天請務必帶上那菸盒。

58

……你應該是搞錯房間了。

我在等一個女人。

等著讓她死在這把槍下。

這……這男人是妳殺死的嗎？

他滿口甜言蜜語、玩弄我的心！

就拋棄了我！！

當他敲定與資產家千金的相親後，

沒錯！這傢伙背叛了我。

我絕不原諒他們！無論是這男人、

還是那富家千金！！

是你！？

驚！

快滾出去，否則……

轟！！

住手！別開槍！！

原來如此，事情是這樣啊。

這就是我一開始看到的景象。

你還沒被擊中。

還沒。

我……我被擊中了嗎!?

63

Shall We Dance?

71

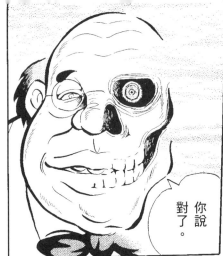

收留他入住「醫院」的院長吧？

你說對了。

此刻我人就在你們居住的宅邸。

你們正坐在長椅上，

接受我的催眠療法。

73

那可不行。

他還需要我。

這……!?

這是怎麼回事!?

院長，你還沒發現嗎？

74

此刻正搭著車、前往醫院。

好了，到醫院了。

也坐在你房間的椅子上了。

現在，你的肉體，

那麼，再見了。

接下來，我必須回去哄他開心才行了。

……是誰在那裡？

我還在同一個夢境嗎？

久等了。

請當我的舞伴吧。

是你!?

等待至天黑

82

我不知道。

……你知道為什麼我要說這些嗎？

我感到很困惑，無法推敲出真相。

才說起這番話來。

咦？

我一開始以為你是女的。

88

89

94

95

海邊

夏天來臨，海灘又喧鬧了起來。

MU GEN

SHINSHI

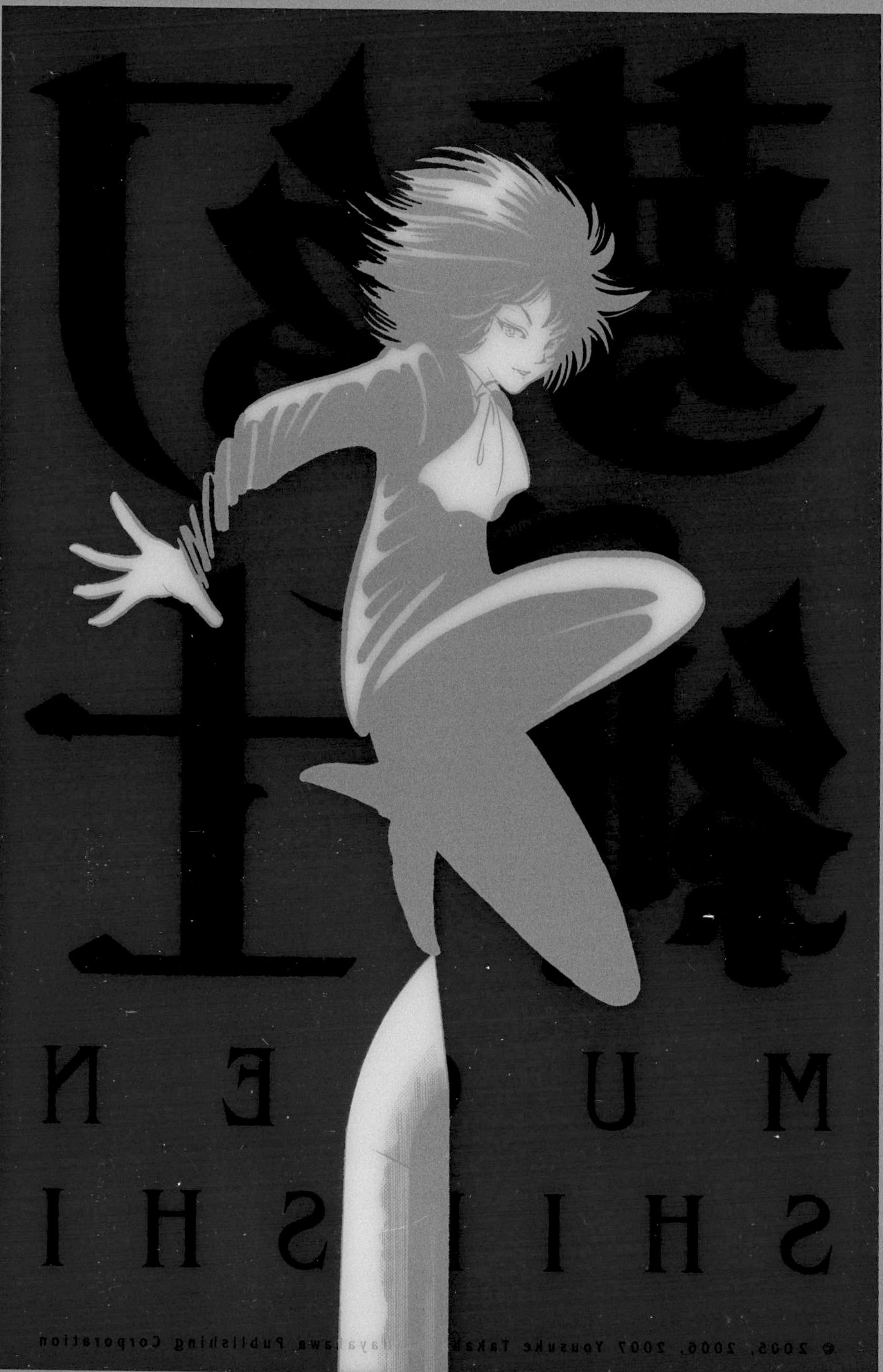

我獨自一人從
水中起身，

準備走往
沙灘時……

黑衣幽靈在
松樹林蔭下
笑了。

ザァーー…
沙一

影子便向我搭話了。

「你不是活生生的人，是影子吧？」

我說，

只不過是個幽靈，還敢擅自裝熟，我內心這麼想。

他稱讚我的泳衣很好看。

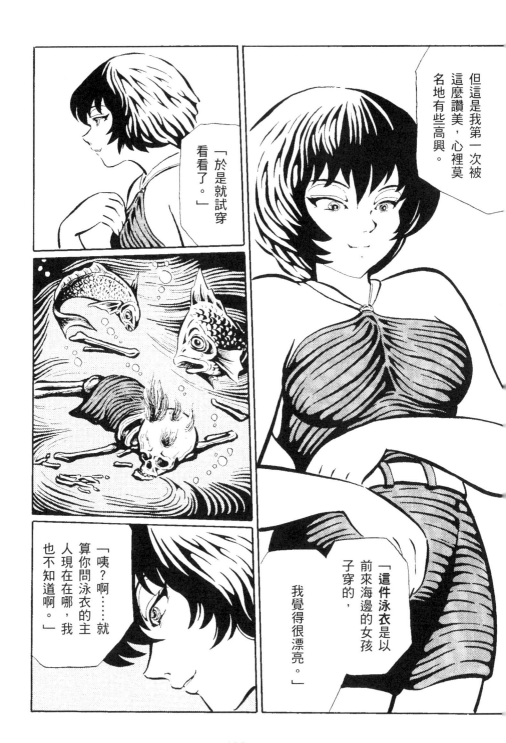

但這是我第一次被這麼讚美，心裡莫名地有些高興。

「於是就試穿看看了。」

「這件泳衣是以前來海邊的女孩子穿的，我覺得很漂亮。」

「咦？啊……就算你問泳衣的主人現在在哪，我也不知道啊。」

「太美了，和我想的一樣，很適合妳。」

「也讓我看看其他裝扮吧。」

「所有衣服都穿上來，我想欣賞妳美麗的模樣。」

我照做了。

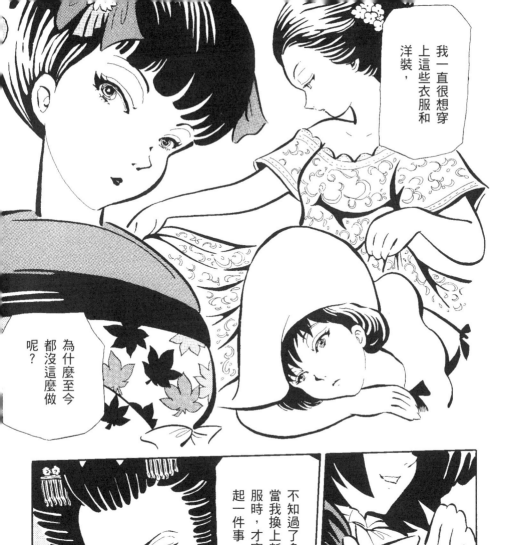

我一直很想穿上這些衣服和洋裝，

為什麼至今都沒這麼做呢？

不知過了多久，當我換上新娘禮服時，才突然想起一件事。

因為過去沒有讚美我的人。

糟糕，上當了。

「妳要去哪裡？」

「我本來要去某個地方的。」

「那裡。」

是醫院。」

「今天上午有人被送進那裡。」

「沒錯，」

106

「從觀光船落海溺水的女人。」

「我原本要和她見面的。」

「來不及了，訪客時間結束了。」

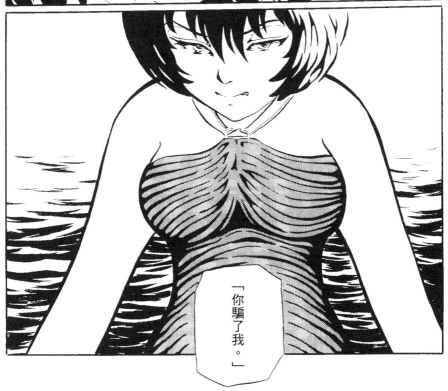

「你騙了我。」

109

ガァァァ‥‥‥
沙‥‥‥

「我依舊獨自身處大海之中。」

「無論過去未來都如此，這是稀鬆平常的事。我習慣了。」

「但是，如果明年夏天，」

「黑衣幽靈再次來到海邊的話，」

「……到時候，我要穿什麼好呢？」

118

怎麼辦？

我該如何是好？

可惡！乾脆就……反正殺一個人和殺兩個人沒多少差別……

121

你做夢了吧？

男人將女人丟進井底的夢？

那個啊，是真實發生在這裡的事。

就像影片重現一樣。

如果你當時繼續睡下去，就會被囚禁在夢境裡吧。

因此我才喚醒了你。

122

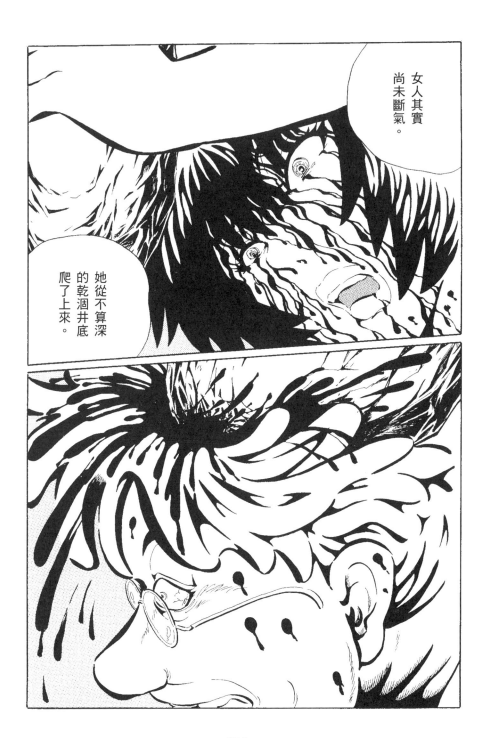

然後，女人帶著男人一起，再次落入水井之中。

此刻那兩人已經在井底，

徹底化為白骨了吧？

要偷看一眼嗎？

呃……

和那比起來，我在意的是……

不，不用了。

其實，

父親歸來

130

我是在海上出現的，這裡似乎是港口。

由於我思念的人認為我喪命於大海，我必須從這裡前往對方所在之地。

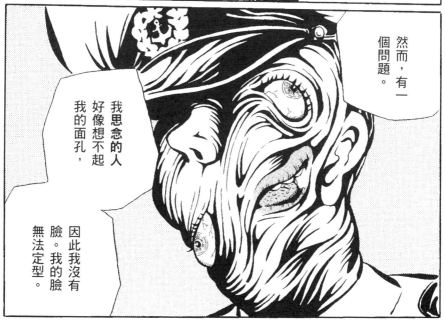

然而，有一個問題。

我思念的人好像想不起我的面孔，因此我沒有臉。我的臉無法定型。

132

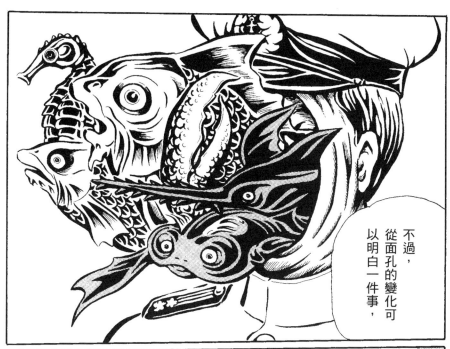

不過，從面孔的變化可以明白一件事，

他是與大海有所關聯的影子。

媽媽總是很晚才回來。

沒辦法，因為她有工作。

但一個人還是好寂寞。

身為船員的父親，在我還是嬰兒時就葬身大海。

每當這時候，我總會試著回想死去父親的面容。

也因為發生火災，家裡沒留下半張照片。

我不知道爸爸的長相。

但是，爸爸肯定曾經將還是嬰兒的我抱在懷中。

ガアアー

沙——

我一定親眼看過爸爸的臉啊。

137

啊！拜託了，我好希望回想起爸爸的長相。

她好像睡著了。

請做點
什麼吧。

你說要助我
一臂之力的。

我知道，

請稍等一下。

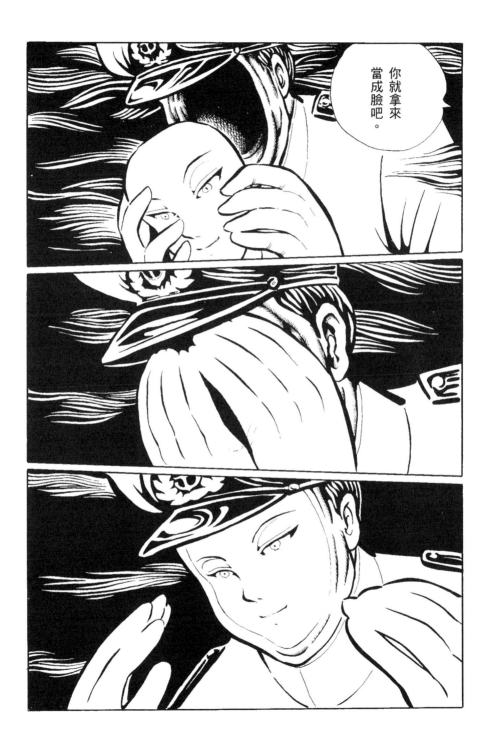

是我的爸爸！

原來爸爸長這樣啊！！

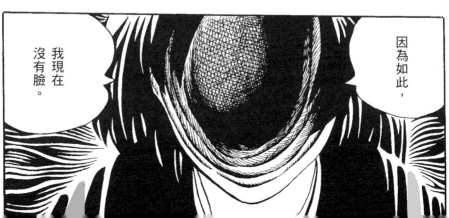

因為如此，

我現在沒有臉。

149

151

153

154

156

158

159

是他。

他來救我了。

啊，但是，

或許是我的藥效還沒消退。

不知怎麼地，他的身姿在我眼中成雙交疊，

變成了兩個人。

漫長的道別

很久很久以前，有個父母雙亡的小女孩。

她的雙親遺留下莫大的財產，

但她無法獨自在巨大的宅邸生活，

因此她的叔叔便與她同住一個屋簷下。

叔叔是個恐怖的人。

每當夜晚來臨，叔叔便會懲罰她，週而復始。

於是她的內心，產生了有害電波般的效應。

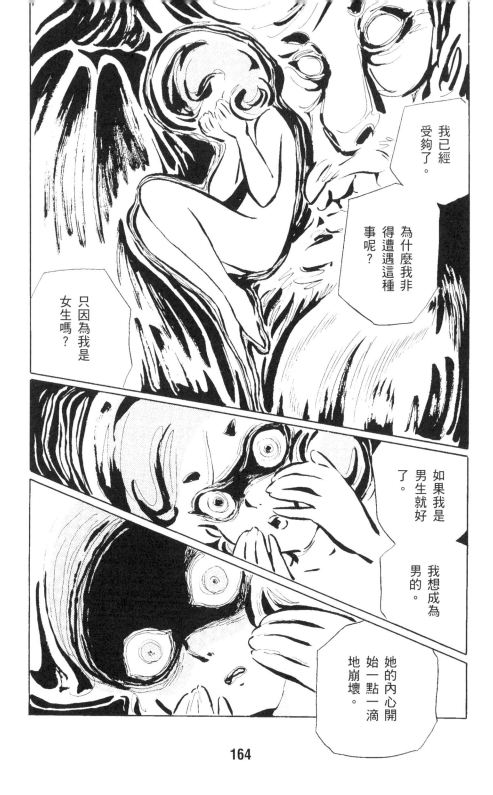

164

她與他相遇了。

就在這時候，

168

她就像這樣，整天不停地對著牆壁說話。

啊哈哈哈哈

嘻嘻嘻嘻……

到底發生了什麼事呢？

他還是一樣，目前應該仍無法出院。

反而是，

叔叔的狀況還好嗎？

172

啊！

我是本尊。

不是妳的那個他（影子）。

……說得也是。

他已經不在了啊。

174

咦？

在我體內。

他在喔。

他留了話給妳。

我正是為此而來。

他告訴妳——

175

「只要想著我就好了。」

「就算是世界盡頭，我也會來到妳身邊。」

「公主陛下，當妳需要我的時候，」

這是他留下的話。

……收到了。

176

你的名字

178

「那個黑衣男子的影子，從我對奶奶有記憶以來就存在了。」

「不知道為什麼，只有我看得見。」

『咦？妳奶奶好像在和誰說話耶？』

『明明沒有人啊。』

「比方說，有時會覺得家裡好像有人，」

「或是紙窗照映出別人的影子。」

「就算不仔細看，也能知道是那個黑衣男子。」

「這是我和奶奶之間不曾明言的小祕密。」

『奶奶,那個黑衣男子該不會其實是死神吧?』

「然而,當奶奶的身體漸漸虛弱、臥病在床的時間越來越長,」

「我終於忍不住擔心地開口詢問。」

「奶奶笑著回答我⋯」

『哎呀,妳不用擔心。』

『我以為妳早就知道的,我們在妳小時候就一起看過了啊。』

『以前在這房間、我們一起蓋著這床棉被睡覺時,不是看見了嗎?』

『啊!』

『我想起來了。』

「沒錯,我小時候最喜歡和奶奶一起睡覺了。」

182

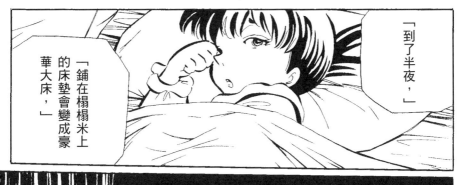

「到了半夜，」

「鋪在榻榻米上的床墊會變成豪華大床，」

「我們兩人瞬間身處在奶奶以前居住的豪宅房間裡。」

『奶奶?』

『噓,仔細聽喔。』

「奶奶也返老還童,變成了漂亮的女孩子。」

「然而,我卻絲毫不覺得奇怪。」

『啊……有東西靠近了。』

『奶奶,有東西爬上樓梯了。』

「我裝作害怕的樣子,緊緊抱住奶奶。」

「我早已知道之後會發生什麼事,」

184

188

『到頭來，我連他的名字都不知道。』

詢問他名字的話，那該有多好。』

『我總是在想，要是最初相遇時我追上他、向他搭話，

『直接問他不就好了？』

『你們不是一直在夢裡相見嗎？』

『只要問他就好啦。』

『咦？』

「奶奶先是愣了一下，」

「彷彿被道出從未想過的事情般，露出笑容。」

在那之後不久，奶奶便如睡著般與世長辭了。

「然而，奶奶的遺容看起來心滿意足。」

「想必奶奶在最後，終於在夢裡問到他的名字。」

後記

推理和恐怖的界線在哪裡？在於涉及或否定超自然現象嗎？會不會兩者其實無法畫清界線呢？

《夢幻紳士　幻想篇》是**盡可能**不涉及超自然現象的作品。

登場於本作的夢幻魔實也是僅存在於「我」腦中的「影子」。我想試著畫出以幻想人格擔任偵探──也就是「腦內偵探」的故事，也可以說這一切都是夢結局。

故事自主角「我」的腦海

中開始並結束。如果要問〈無線電塔〉中是誰在叔叔腦中惡作劇，那當然是「我」的所作所為，更準確地說，是「我」腦中的「黑衣男子」。

〈女人？老虎？〉一篇裡以手槍俐落擊退老虎的，當然也是「我」。

在〈Shall We Dance?〉，則承認了黑衣男子（這樣代稱太麻煩了，以下就直接說夢幻吧）是主角自己的幻想人格。

然而，當故事來到〈等待至天黑〉、〈海邊〉時，卻發生了不可思議之事。理應是幻影的夢幻魔實也開始擁有自我主張。

即使如此，劇情發展至〈森林中的睡美人〉左右，雖為的傢伙啊！設定也就破局了。真是個任性妄想人格進行的腦內偵探故事」的新系列。已經誕生了紳士」的新系列。已經誕生了

然勉強了一點但仍說得通，也有肉身的設定了，那麼一開始就讓本尊出場不就好了嗎？

我這就從頭開始說明。

一切始於我收到《Mystery Magazine》編輯的工作邀約。

編輯詢問是否要在雜誌上連載漫畫，並提議開啟「夢幻

然而在〈父親歸來〉，他雖然不至於擁有肉體，靈魂卻還是擅自脫離了「我」這個宿主。走到這一步，最初的「幻

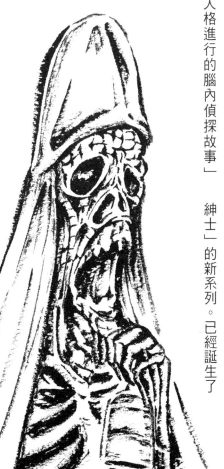

近二十年的角色到現在還有人提起，實在是相當感激。為了響應大家的期待，我會努力……的吧？照理來說該這樣吧！

那傢伙——夢幻如此說：「太麻煩了我拒絕。」他丟下這句話後就一聲不吭了。

他從以前便是這副德性，就是個討厭工作的傢伙。

夢幻自稱是「基本上不適合勞動的體質」。

開什麼玩笑！不管我怎麼哄他開心，他就是一動也不動。

真拿他沒辦法，只好使出苦肉計了。「這樣如何呢？」

我向他提議。

我明白了，你不用出場也「她」、全心奉獻愛情、忠誠且誠實的女性理想戀人（畢竟沒關係，讓我借用你的外表形塑出影子吧，也就是使用你的身形、實際上不用勞駕你出場。我這邊會自己操作，你只要讓出肖像權就可以了。

對了，乾脆也改一下個性吧。不要設定成像你一樣流連女色、照單全收的輕浮

男，而是一心向著身為主角的理想戀人。如何？和只要有困難，就算是世界盡頭也會來到身邊嘛）。如何？和你完全相反吧？

……雖然他看起來有些難以釋懷，但總歸來說沒有怨言，我就解釋為他答應了。

於是，連載開始了。沒想

到他在途中卻開始干涉發展？

在〈Shall We Dance?〉以前還很平面的角色造型，之後竟開始微妙地發展自我主張、漸漸化為厚實的血肉之軀。

當來到〈影之離去〉時，他丟下這句話：

「我改變主意了，我要親自出場。」

真是的。

「我好久沒出場了，請安排讓我能和真實的女性接觸喔。」

真是任性的傢伙。知道了、我知道啦！我會試著安排看看……

——很久很久以前，希區

考克曾對華特‧迪士尼如此說：

「你那邊真好，演員不會對導演有所怨言。」

才沒這回事呢。這世界上沒有比架空角色開始反抗作者更麻煩的事了。

二〇〇五年三月

高橋葉介

出處一覽 《Mystery Magazine》

〈無線電塔〉　　　　　2004年3月號

〈女人？老虎？〉　　　2004年4月號

〈木乃伊之戀〉　　　　2004年5月號

〈比眨眼更快〉　　　　2004年6月號

〈Shall We Dance?〉　　2004年7月號

〈等待至天黑〉　　　　2004年8月號

〈海邊〉　　　　　　　2004年9月號

〈森林中的睡美人〉　　2004年10月號

〈父親歸來〉　　　　　2004年11月號

〈影之離去〉　　　　　2004年12月號

〈漫長的道別〉　　　　2005年1月號

〈你的名字〉　　　　　2005年2月號

夢幻紳士【幻想篇】

原著書名／夢幻紳士【幻想篇】
原 作 者／高橋葉介
原出版社／早川書房
翻　　譯／丁安品
編輯總監／劉麗真
責任編輯／張麗嫻

總 經 理／陳逸瑛
榮譽社長／詹宏志
發 行 人／凃玉雲
出 版 社／獨步文化
　　　　　城邦文化事業股份有限公司
　　　　　104 台北市中山區民生東路二段 141 號 5 樓
　　　　　電話：(02) 2500-7696　傳真：(02) 2500-1967
發　　　行／英屬蓋曼群島商家庭傳媒股份有限公司
　　　　　城邦分公司
　　　　　104 台北市中山區民生東路二段 141 號 2 樓
網　　址／www.cite.com.tw
讀者服務專線／(02) 2500-7718；2500-7719
服 務 時 間／週一至週五　09：30 ～ 12：00
　　　　　　　　　　　　13：30 ～ 17：00
24 小時傳真服務／(02) 2500-1900；2500-1991
讀者服務信箱 E-mail／service@readingclub.com.tw
劃 撥 帳 號／19863813
戶　　名／書虫股份有限公司
香港發行所／城邦（香港）出版集團有限公司
　　　　　香港灣仔駱克灣道 193 號東超商業中心一樓
　　　　　電話：(852) 2508-6231　傳真：(852) 2578-9337
馬新發行所／城邦（馬新）出版集團　Cite (M) Sdn Bhd
　　　　　41, Jalan Radin Anum, Bandar Baru Sri Petaling,
　　　　　57000 Kuala Lumpur, Malaysia.
　　　　　Tel: (603) 90578822　Fax: (603) 90576622
　　　　　email:cite@cite.com.my

封面設計／高偉哲
印　　刷／漾格科技股份有限公司
排　　版／陳瑜安
□ 2023 年 2 月初版
售價 320 元

ISBN：978-626-7226-1-7-9
　　　978-626-7226-2-1-6（EPUB）